宗ちゃんの

オチンポ物語

悩まず怯まず
高齢者ライフ

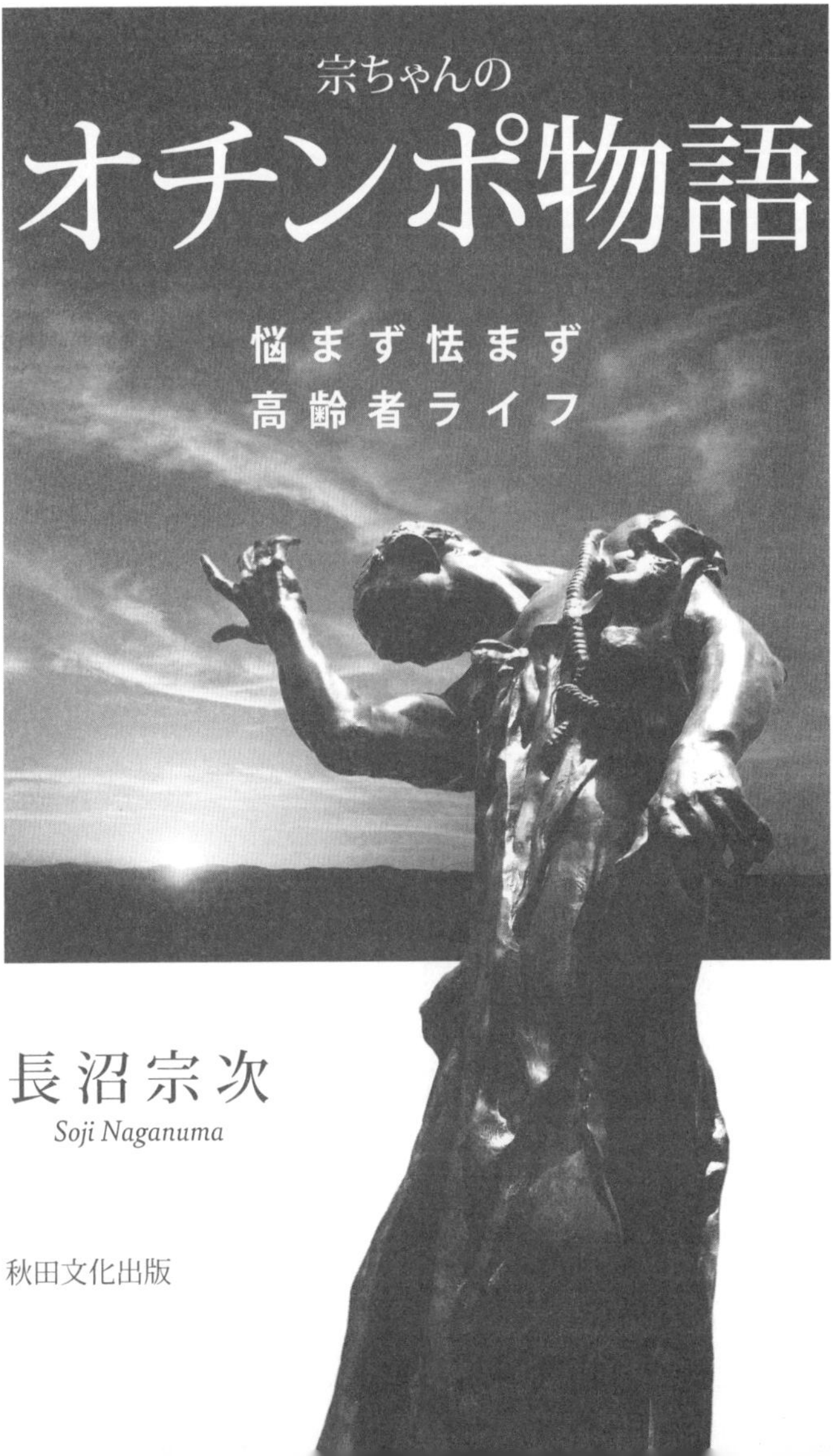

長沼宗次
Soji Naganuma

秋田文化出版

冒頭の挨拶に代えて

『オチンポ物語』の第一章と第二章は、市立横手病院泌尿器科に入院した作者の実生活をもとに作成されているが、さいわい、泌尿器科の伊藤隆一科長から次のコメントを頂いた。謹んでご紹介申し上げたい。

生誕満九〇歳　おめでとうございます。
楽しく読ませて頂きました。
　これからも　どうぞ　お元気で

市立横手病院泌尿器科医師　伊藤　隆一

目次

冒頭の挨拶に代えて——1

Chapter 1 泌尿器科で知った「オチンポ」の専門用語——7
1 「長期入院」のお陰で泌尿器科を学ぶ——8
2 医療専門語「ホーデン」の持つ特別の意味——12
3 看護師たちの「トップ人気」はオチンポ（ペニス）——15

Chapter 2 いよいよ「カテーテル（尿管）」の挿入へ——19
1 不安いっぱいの「カテーテル挿入」だったが——21
2 実際の「カテーテル挿入」はどうだったのか——23
3 「カテーテル挿入」後の「あと処理問題」は——25

Chapter 3 老人ホームに移り住んだ「オチンポ」体験——27
1 「最初の大失敗」に社長・和賀昭氏が緊急運転——28

2 「同居か別居か」、結論の出ない夫婦——30
3 「電子書籍作り」は以前からの公約——32
4 カテーテル尿液と入浴問題——35
5 バージョンアップ・パソコンとWi-Fi——38
6 トイレで「オチンポ洗浄」の初体験?——41
7 「洗浄問題」と「帯状疱疹」で大騒動——44
8 パンツをはいて「一人入浴」を実行!——47
9 「檜風呂浴場」(1階)を見事に再開——49
10 毎日聞く「古いオーディオのクラシック」——51
11 結局、夫婦生活は「同居か別居か」?——53

Chapter 4 「人間の尊厳」と「オチンポ哲学」に触れて——57
1 現代に見る「人間の尊厳」の意味——60
2 人間の尊厳と企業利益に関わる一試案——62

著者紹介——67

宗ちゃんのオチンポ物語

Chapter

1

泌尿器科で知った「オチンポ」の専門用語

二〇二〇（令和2）年3月31日になって、私の居住地にある秋田県横手市立病院では、新型コロナウイルスの流行に伴い、不要不急の面会を制限することになった。

実は、その頃私は同医院の消化器内科にお世話になっていたが、老齢のためオシッコの出が悪くなり、さらに、同医院の泌尿器科にも通院する羽目となったのであった。

ところで私は自分が泌尿器科にかかるまで、泌尿器科とはどんな診療科なのか殆ど知らなかった。………ただ漠然と「オチンポの病気を診てくれる窓口」としか考えていなかったのである。

1 「長期入院」のお陰で泌尿器科を学ぶ

そんな私が、泌尿器科の窓口を訪れてまず勉強になったことは、泌尿器や男性性器の名前を詳しく知ったことである。…………ちなみに、受付で聞いたインターネットの案内書には泌尿器科とは臨床医学の一分野で、腎臓・尿管・膀胱・尿道などの泌尿器や睾丸・精管・前立腺など、男性性器に関係した疾患を専門的に取り扱う。

と、詳しく記されてあった。………確かに、それぞれの医学的な部位の名前は聞いたことがあったが、自分としては、これらの名前に、診療科目として真正面から向き合うのはこれが初めてだった。

さて、その後私は、泌尿器科の一患者として横手病院に通院したが、オチンポの件で本格的に泌尿器科のお世話になったのは、二〇二二（令和4）年5月25日、入院治療を受けるようになってからである。

私の入院は、「コロナ禍による横手病院の面会制限」が開始された時期と重なった。それで、「家族の立ち合い」も許されないまま、病院のベッドに載せられて、五階病棟に運ばれた……。

その頃、五階病棟は「コロナ禍による急遽入院」の患者が殆どで、「泌尿器科の患者」が特別多い訳ではなかった。………従って精神障害の患者も混じっており、真夜中に大声を上げられ、たたき起こされることも屡々あった。

五階病棟に入った私は、こんな入院生活が長く続くのかと思うと、心細い限りだった。

しかし私は間もなく、二階病棟に移されることになった。…………二階病棟は、どうやら、泌尿器科などの患者が多い病棟らしい。その証拠には、最近横手病院に赴任した泌尿器科のI医師や研修医、泌尿器科付の看護師らが私の病室に、毎日のように「診察」に来るようになったからである。


私の病室ベッドは、周囲と遮断する必要がある場合は、四方をカーテンで区切った。そしてそのカーテンのなかで、ベッドに横たわった私のオチンポを「診察」するのである。………I医師と研修医それに看護師が私のベッドを取り囲んで、患者や周囲の同室者には判らないよう、なにやら専門語で治療の話を交わし始めるのだった…………。


こうして、横手病院の医師と看護師、それに患者である私との「付き合い」は、一ヶ月以上も続いた。

私の入院目的は「カテーテル（透明な細い尿管）をオチンポに差し込んで、膀胱からの尿液を円滑に排出させること」だったが、この治療のために「一ヶ月以上も入院する」ことなど、普通は考えられない「長期入院」だった。

しかし、今にして思えば、「カテーテル治療」のために私の入院が長期化した理由には、次の「二つの事情」があったことは間違いない。

その一つは、I医師が他病院から新たに赴任した事情のために、人事体制や設備更新などに、病院側で特別の時間を必要としたことである。…………時あたかも「コロナ禍による規制中」であり、病院側では、普通時以上に手間取ったのではないだろうか。

いま一つの事情は、患者である「私の側の事情」であった。

当時、私は九十歳まであと少しで、妻は少しボケ気味だった。

「この状態では例えカテーテル治療が終って退院しても、今までのような生活は不可能である」

と、家族や福祉関係者が心配し始めたらしい。…………夫婦で入れるような老人福祉施設を探すことになったのである。そして、そうした老人福祉施設が見つかるまで、横手病院の入院期間を延期することになったらしい。

実は、こうした思わぬ事情が二つ重なって、私は、一ヶ月以上の入院生活を余儀なくされたのであるが、しかしこの間、私は泌尿器科の患者として、医師や看護師、他の患者などから、いろいろ新しい知識を得ることが出来た。………「ホーデン（Hoden）」の話もその一つであった。

2　医療専門語「ホーデン」の持つ特別の意味

さて、カーテンで仕切られた病院のベッドで医師や看護師のお世話になっていたとき、私は、「ホーデン（Hoden）」というドイツ語が頻繁に出て来るのが気になっていた。………実は、このドイツ語だけは昔から知っていたが、学生時代、私は、医学生と寮生活を共にしているなかで、男性性器の総称として「ホーデン」を使用していた。つまり、現在の私たちが「オチンポ」と呼ぶのと同じ意味である。
　学生たちは、例えば前日の深夜に酒を飲み過ぎて、翌日のオチンポが「朝立ち（勃起《ぼっき》）」をしないときは、「ホーデンがストライキを起こした」などと自分の性器を揶揄《やゆ》し、冗談を言っていたものである。

　それから六十年余も過ぎた現在、私は、全く場所違いの横手病院で、こうした昔懐かしい「ホーデン」の言葉を再び聞こうとは夢にも思っていなかった。………横手病院で医師と看護師が交わしている「ホーデン」の意味も、間違いなく「オチンポの総称」だったのである。
　医師や看護師たちが患者の気持ちを慮《おもんぱか》って、あるいは余計な不安を煽《あお》らないために「医学の専門語としてドイツ語を使用すること」に関して、私は、従来からの優れた医学界の伝統だろうと思って、その意味では尊敬の念を持っていた。

　しかし私は、だからと言って、「ホーデン」が男性性器の総称として適切であるとは、どうしても考えられなかった。………「ホーデン」の「場所や形態（部位）」を考えたとき、私は、「男性性器の総称」としてこの用語を使用することに、割り切れない「違和感」を感じて来たのであった。

「ホーデン」はその名前を日本語に直訳すると「睾丸《こうがん》」のことである。「精嚢」「精巣」などとも呼ばれているが、陰茎のすぐ下に、隠れるようにぶら下がっている「大きな袋」である。確かに、「精液を分泌する」という意味では「男性性器の最も重要な機能」かもしれないが、その位置と外形を見れば、男性性器のなかでは、とりわけ「人目を忍んだ」「格好の悪い性器」と言えよう。

それで、治療との関係で入院期間が長くなった私は、暇を持て余し、周りの看護師たちに恥も外聞もなく、

「ホーデンって言葉を知っているか?」

と聞いて歩いた。

そしたら、その結果は意外にも、カテーテル治療に携わる一部看護師以外は「ホーデン」の意味を殆ど知らなかったのである。

ところで、私の質問を受けた「ある若い看護師グループ」は、何を勘違いしたのか、

「え！　知っているわよ！昨日もみんなと一緒に、焼肉しゃぶしゃぶ店でホーデンを食べて来たわよ。ほんとに美味《おい》しかった！」

と、ホーデンを「食べ物」と思っていた。…………何のことはない。高級品の「豚ホーデン（睾丸）の焼肉」と勘違いしていたのであった。


こうして、「ホーデン」用語は、「専門用語」として流通していたことは間違いないが、男性性器の総称として流通していた訳では決してなかったのである。

3　看護師たちの「トップ人気」はオチンポ（ペニス）

それでは、「ホーデン」が男性性器の総称として適切でなかったとすれば、他に、どんな用語が適切なのであろうか。…………私は、ある看護師長にそっと相談を持ち掛けた。そしたら、

その看護師長から返って来た答えは、驚いたことに次の通りであった。

「そうねえ。看護師さん方から人気があるのは、絶対に《オチンポ》よ！　そうでしょう！　オシッコの時は必ず外に顔を出して周囲をキョロキョロ見渡すし、硬くなったり柔らかになったりもするでしょう。おまけに、下腹を前後左右に、自由に動きまわるわ！誰が見ても可愛いわよ！　看護師さん仲間では絶対に《トップの人気》よ！　間違いないわ！」

と、その婦長はなんら悪びれることなく、ズバリと言って除けたのであった。…………ちなみに

「オチンポ」は日本語で陰茎または男根というが、男性性器の一種で体内受精する動物の雄にあり、身体から常時突出しているか、あるいは突出させることの出来る生殖器官である。

私は、この看護師長の言葉に強い共感を覚えた。そして、間もなく行われるであろう「カテーテル（透明な細い尿管）の挿入」を受け入れて、「下半身不自由の状態」になっても頑張っていこうと、改めて「自分の覚悟」を固めたのであった。

Chapter

2

いよいよ「カテーテル（尿管）」の挿入へ

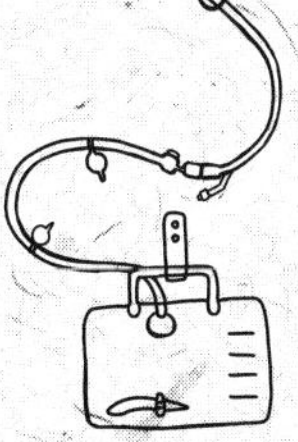

ところで、いままで「オシッコの出」が順調だった高齢者のために、私は「転ばぬ先の杖」の意味で、まずは自分の体験から学んだ「高齢者の排尿障害」の問題から書き始めたい。

一般的に、高齢者の排尿障害には二つの種類があると言われる。一つは「畜尿障害」であり、文字通り「オシッコを溜めておくことが出来なくなる」障害で、女性に多く、「尿失禁《しっきん》」や「頻尿《ひんにょう》」の状態が続くようになる。

高齢者に多いもう一つの排尿障害は「排出障害」で、この障害は「オシッコを出すことが出来なくなる障害」である。

この場合は膀胱《ぼうこう》にある排尿筋《はいにょうきん》の収縮力が低下するか、あるいは膀胱出口の抵抗が大きくなったため、排尿困難に陥るものであり、私の場合はこの障害に該当する。


さて、「オシッコが出なくなる」ので「オシッコを出さなければならない」が、この「排尿器具」が「排尿カテーテル」である。商品名を使って「フオーレ」とも呼ばれているが、ほかにもいろいろな呼び名がある。………私は、器具の実際の用法を取り入れて、「膀胱留置カテーテル」と呼ぶのが最も適切ではないかと思っているが、この方法は尿道からカテーテルを挿入し、膀胱内に「バルーン（風船）」という器具を留置させるもので、カテーテルが抜けないように、カテーテル先端のバルーンを膨らませて固定する方法である。

1　不安いっぱいの「カテーテル挿入」だったが

入院後数週間経って、いよいよ「私のカテーテル挿入の日」が決まった。当日の朝、私は、いつものように看護師の訪問を受け、ベッドに横たわったままで「カテーテル挿入」の説明を受けた。

看護師の説明は実に淡々たるもので、病室から治療室に移って十分か二十分経てば、治療がすぐにでも終わるような話だった。痛いとか苦しい話は全くない。しかし、私の関心のすべては、自分のオチンポがカテーテル挿入の痛みに耐えられるかどうかであった。………もし耐えられないときは、治療中であっても医師の手を押しのけ、ベッドから逃げ出すしか方法がないと、私は真面目にそう考えていた。

いよいよカテーテル挿入の時である。

担当のI医師と研修医二名、それに看護師二名がベッドを囲み、真剣な表情で私のオチンポを見下ろした。………オチンポは、私からは全く見えない。見えるのはただ、治療室の天井だけであった。

こうなって仕舞えば、私は「俎板《まないた》の鯉」と同じである。医師や看護師たちの手によって、思うが儘に捌《さば》かれるしか方法がない。

やがて、I医師から初めて声がかかった。

「それじゃ、始めますよ。ちょっとだけ痛いと思いますが、我慢して下さい」

と、ただそれだけであった。

私は仕方なく、ベッドの片隅を固く掴《つか》んだ。

I医師は、私のオチンポを摘まみ上げたらしい。一瞬、私はドキッとした。途端に、オチンポから重苦しい痛みが走る。陰茎から膀胱に向けて、カテーテルを強引に押し込んでいるに違いない。

2　実際の「カテーテル挿入」はどうだったのか

やはり痛かった。しかしその痛みは、自分で十分耐えられる範囲の痛さだった。間もなく、カテーテルが陰茎を通過したらしい場所で、動きが止まった。それで私は、「もうこれで終わりかな？」」と思ったが、そうではないらしい。今度は、膀胱らしい「オチンポの奥底」で、カテーテルが再び動き出したのである。

この「二度目の動き」は、最初の動きと明らかに違っていた。…………「膀胱の奥底を一挙に押し上げるような重圧感」に変ったのである。

「ベッドの飛び出し」の試みはすでに遅かった。私の手足は看護師が抑えているのだ。まさに「万事休す」である。

あとは「運を天に任《まか》せる」しかない。私はただ、Ｉ医師の治療が終るのを、今か今かと待ち続けた。

やがて私の耳元で、Ｉ医師が治療の終りを告げた。

「ご苦労様でした。治療は無事終りましたよ。全く心配ありませんから………」

と、ただそれだけの終結宣言であった。そしてＩ医師は「あとの処理」を看護師に任せて、そそくさと治療室を出て行ったのである。

ここで私は、「カテーテル挿入治療」に関して、若干付言しておきたい。………もし私の描いた痛さ・苦しさが一面的に読者に伝われば、読者は「そんなに苦しい治療なら、止めた方が良い」と考えるに違いない。そうなったら、私の責任は重大である。

それで私は、「カテーテル挿入治療」の痛さ・苦しさを、事実に基づいて、次のように表現することにした。各位のご理解を頂きたい。

私が「カテーテル挿入治療」を体験した「痛さ・苦しさ」は、「自分で我慢出来る範囲」の「痛さ・苦しさ」だった。

さらに、治療が終った後のオチンポには、カテーテルを通したあとも「バルーン（風船）」を入れたあとも、痛さ・苦しさは殆ど残らなかった。

こうした「痛さ・苦しさのない状態」は、私の場合、「フオーレ（カテーテル）」の交換を始めてから九か月（9回）経った二〇二三（令和5）年2月1日現在も、持続的に確保されている。


と……。

3　「カテーテル挿入」後の「あと処理問題」は

ここから後は、看護師の「あとの処理」である。その殆どは、オチンポに新たに取り付けられたカテーテルを、無駄な動きをしないよう、絆創膏《ばんそうこう》で下腹部に張り付ける仕事だった。

患者はその人によって、睡眠時に右向きになる人と左向きになる人がいる。

右向きになる人は、オチンポに繋がったカテーテルを左側に付けなければ、カテーテルが体の重みに圧し潰されて、尿液をベッド下の尿袋に垂《た》らし込むことが難しくなる。同様に、左向きになる人は、カテーテルを右側に固定しなければ、睡眠中にカテーテルを体重で圧し潰してしまう。

こうして、看護師と患者の間では、「カテーテルをどちらに向けるか」が論議されることになるが、この場合、カテーテルを何度も貼り換えて来た経験者の場合は、プラスして「絆創膏負け」の「痒《かゆ》い場所」が増える。それで、

「そこは駄目だ！こっちなら良い！」

と、看護師と患者の論争が繰り返されるのであるが、「カテーテル挿入」の治療時間はこの「絆創膏張り」も含めて、長くても十数分程度であったと思う。実に「素早い」オチンポの治療であった。

Chapter

3

老人ホームに移り住んだ「オチンポ」体験

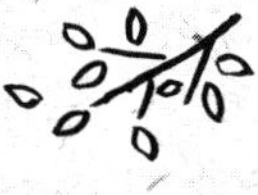

さて、第三章は、私が老人ホームに入居した経験である。

二〇二〇（令和2）年6月23日、私は、夫婦入居の条件が纏《まと》まった老人ホーム・クランピア横手に、妻よりも一足早く入居した。

ところで、私が入居して三日目、6月26日早朝のことである。私は思わぬ大失敗を演じ、偶然にも、クランピア横手社長・和賀昭氏から多大の助力を受けることになった。

以下、その「失敗談」をもとに、「クランピア横手」の最初の体験に入りたい。

1 「最初の大失敗」に社長・和賀昭氏が緊急運転

入居した当初、私の寝室ベッドはレンタル用品としてすでに準備されていたが、ベッドの方向が私の「寝癖」とは違って、右側が壁に向いており、どうしても左向きの姿勢で休みたかった。………このままの状態では安眠出来ないので、私は、自分の寝癖に合わせてカテーテルの位置を「左向き」に変えた。右側の絆創膏を剥がして左側に変え、下腹部のカテーテルを移動させるとともに、ベッド下の尿袋も反対側に移した。

このカテーテル移動は、入床当初の私を安眠させせた。ところが、時間が経っても尿液がカテーテルから流れ出て来ない。やがて腹部が苦しくなり、膀胱が破裂してしまうような悪夢に取り付かれる様にさえなったのである。

こうなったら眠るどころではない。私はオチンポを抑えて飛び起き、クランピア横手の宿直員に対して緊急手配を頼んだ。するとクランピア横手では、早朝にも拘わらず、社長・和賀昭氏が横手病院まで私を連れて行って呉れたのであった。

横手病院では、宿直医師がすぐに私を診察した。………その結果は驚いたことに、私がカテーテルを移動したため、尿管が捩《ねじ》じれて尿の流れが止まったためであることが判った。………病状が悪化したためではない。私の完全な「カテーテル操作ミス」だったのである。

宿直医師は笑いながら、捩じれたカテーテルを元に撚《よ》り戻し、

「病気ではありませんから、診察料はいただけません」

と言い残して、診察室を出て行った………。

私としては、病院の宿直医は勿論、早朝に運転をして呉れた和賀社長や宿直者などに、心からお詫びしたい気持ちでいっぱいだった。

2 「同居か別居か」、結論の出ない夫婦

私の妻の入居は、私から半月後の7月7日であった。

私と妻は、隣り合わせの別々の部屋を選んだ。夫婦同居を希望すれば実現したろうが、尿袋をぶら下げた私はベッドが必要であった。それなのに私の妻はベッドが大嫌いで、いつも電気カーペットを「塒（ねぐら）」にした生活だった。………狭い部屋に「塒（ねぐら）」が違ったのでは、年老いてからの同居ではお互いに息苦しい。それで、合意の上で「隣り合わせの別居生活」を選んだのであった。

さて、「隣り合わせの別居生活」を選んだ妻と私は、クランピア横手で、全く予想もしなかった体験をすることになった。

まず、「妻の物忘れ」である。………この時点で妻は「軽度の痴呆症」を患っていた。「老人ホームの入所条件」は「第二級の認知症」だった。

結局、私の妻は、「隣り合わせに別居」はしたものの、例えば「お風呂の日はいつだっけ？」とか「今朝のご飯は食べたかな？」とか、私の部屋に四六時中聞きに来るようになった。

………さすがに私の妻も、「一人暮らしは覚束《おぼつか》ない」と、自分でも感じるようになったのである。

こうした「妻の物忘れ」は、私の生活にも重大な変化を齎《もたら》した。私もまた自分の生活だけではなく、隣の妻の生活に、毎日のように関与せざるを得なくなった。………結局私は、妻の部屋のあらゆるもの、財布のなかや冷蔵庫の食べ物、オシッコで汚したパンツや洗濯物まで、全部の生活に関わるようになった。いわば、カテーテルをオチンポに付けた「第三級身障者の私」が、隣り合わせとは言え、妻の生活と、「二所帯の面倒を見なければならない破目」に陥ったのである。………これでは、自分の体がもたない。

止むを得なく、私は、妻と話し合い、自分のベッドを妻の部屋に移動させることにした。……これで「夫婦同居」の形になったのであるが、しかし、「塒（ねぐら）」の状態はそのまま で、妻の「塒（ねぐら）」は相変わらず「電子カーペット」と敷布である。同居はしたものの、妻と私の間では「鼾《いびき》をかくな」とか「私の頭を跨《また》がないで」など、新しい注文が数多く出るようになった。……私は、別居とはまた別の意味で、「同居の気苦労」を新たに感じるようになったのであった。

3 「電子書籍作り」は以前からの公約

ここで私は、カテーテルのお世話になる以前から、私の人生「最後の公約」と位置付けて来た「電子書籍作り」について簡略に触れておきたい。

私は青壮年時代から近・現代史に興味を持ち、新聞の文化欄や歴史研究会誌などにいくつかの投稿文を寄せて来た。また単行本や小冊子を出版して来ている。

ところで、私はこの度、満九〇歳を記念して、これらの単行本・小冊子・投稿文を電子書籍に纏《まと》めることになったが、その主な書籍は、次の通りである。

【主な著書】

・『わが郷里の進歩と革命の伝統』（秋田文化出版社・一九八二年八月十五日）
・『夜明けの謀略（自由民権運動と秋田事件）』（秋南文化社・一九八三年十月一日）
・『夜明けの後に』（西田書店・一九九三年二月十日）
・改訂版『夜明けの謀略（自由民権運動と秋田立志会事件）』（西田書店・二〇一二年三月十五日）
・『フイリピンに消えた「秋田の軍隊」』（秋田文化出版・二〇一九年十二月二十日）

【主な著書】――庶民の記録――

・「彩雲の夢」（秋南文化社・二〇二二年十一月二十五日・電子書籍）
・長沼家の祖先と系譜（横手郷土史研究会八〇号・二〇一四年三月二十五日）
・モデル農村大潟村のコメ問題（「農業と経済」五巻十号・毎日新聞社）

・横手市公文書館の運営に関して（横手郷土史研究会九四号・二〇二二年三月）

【主な論文】――自由と民権――

・自由民権秋田事件の「三條家文書」に関する考察（歴史学研究五六一号）
・自由民権秋田事件の「獄中密書」に関する新史料（歴史評論四四〇号）
・原史料「自由党史と自由新聞」に見る秋田自由党（秋田近代史研究五四―五五号）
・歴史的文書改竄に抗議する（秋南文化社・二〇二二年八月・小冊子・電子書籍）

なお、「長沼宗次著作集」に収録された電子書籍は、ＰＤＦ化された字体で、単行本五冊、小冊子十七冊、投稿文十八稿、合計二十二冊十八稿である。参考まで記録しておきたい。

4　カテーテル尿液と入浴問題

次に移ろう。

病院を離れてクランピア横手に移った私は、いろいろ不案内なことが多く戸惑ったが、オチンポとの関係で言えば、一日二回、カテーテルから流れ下る尿液を見て、「自分で健康状態を把握することの難しさ」であった。

カテーテルから流れ下る尿液は、普通のオシッコのように薄茶色であれば「健康状態異状なし」である。しかし、殆どの場合は濁《にご》りや暗黒色が多いが、これは膀胱や尿道内の不純物が尿液に混じって排出されるためである。

こうした暗黒色の尿液は、場合によっては長時間続くことが多い。そうなると、知識のない私などは、さすがに不安が大きくなる。

そんなある日のこと、私はついに堪り兼ね、クランピア横手の医務室を訪れて、オシッコの濁りを職員に話した。

するとその職員はとくに驚いた様子もなく、平然とした態度で、

「オシッコの濁りは、赤い血液色にならない限り心配はありません。この程度の暗黒色でしたら、一昼夜も経てば必ず元に戻って綺麗になりますよ！」

と、自信あり気に話して呉れた。

この医務室職員の言葉に励まされて、私は、いくらか安心を取り戻すことが出来た。そしてその夜は、半覚半睡の状態で指折り数えながら翌朝を迎えたが、その結果は驚いたことに、綺麗な尿液がカテーテル内を流れていたのであった。

医務室職員の指摘は、完全に正しかったのである。

その後、私は、暗黒色になったカテーテル内の尿液を何度も体験した。そしてその都度「翌朝を待つ」という体験を繰り返して来たが、結果はすべて医務室職員の指摘通りに、朝になる

と、カテーテル内の尿液は、すべて綺麗な流れに立ち返っていた……。

さて、話は変わるが、二〇二二（令和４）年12月７日、私の泌尿器科診察日であったが、私はこの日、定期的にフオーレ（カテーテル）を交換する日でもあった。

ところがその日はどうした訳か、偶々、思わぬ事故が起きたのである。……治療に当っていたI医師か研修医のどちらか判らないが、何かの医療器材でオチンポの先端に傷を付けてしまった……。

治療は当然ながら長引き、痛さ・苦しさも普段を超えた。しかし、治療ベッドに横たわっただけの私には、いったい何が起こったのか、全く見当がつかなかった。

「ことの真相」がどうやら判ったのは、治療が終った直後のI医師の話だった。

治療は終りましたが、ちょっとミスがありましてね……今回は夕方ごろまで血尿が少し出ますから、今日だけはお風呂に入らないで下さい。明日からは正常になりますので、あとはいつもの通りお風呂に入っても結構です。

……それじゃ、今日はここまで、どうもご苦労様でした。

なんと、I医師は、医療ミスがあったことを正直に私に話したのである。もっとも、尿液は正直で、治療ミスの証拠を「血尿」という姿ですぐ表現するから、I医師といえども、隠しておくことが出来なかったのかも知れない。

I医師の話を聞いて、私は、クランピア医務室の職員が、カテーテル内の尿液に関してI医師と全く同様の認識を示したことに、今さらながら驚嘆した次第であった。

5　バージョンアップ・パソコンとWi-Fi

この項では、バージョンアップしたパソコンの購入と、新たにWi-Fiを使い始めた話を始めよう。

ずっと以前から、私は、パソコンを使って文章を書くことを趣味にしていた。ところが昨年十一月から、使用していたパソコンの機能が古くなり、どうしても「新しいパソコンに買い替え」ざるを得なくなったのである。………所謂「パソコン機能のバージョンアップ」である。

新しいパソコンを買えば、廉価なものでも二〇万円は超える話である。九〇歳を超えた私が新しいパソコンを使いこなすことが出来なければ、経費を含めて三〇万円近くをドブに捨てたことになる。どうしたら良いかと、この時は、自分の息子と真剣に相談せざるを得なかった。

ここで息子が話した言葉は、私にとって、極めて「衝撃的」だった。

「九〇歳を超しても、バージョンアップしたパソコンを覚える積りなら、買ったら良いだろう」

と言ったのである。………この息子の言葉に、私は、「父親のメンツにかけて、新しいパソコン操作を覚えなければならない」と決意した次第であった。

私は先ず、息子から譲り受けたWi-Fi器を新しいパソコンに繋《つな》いだ。そして、ケイタイで撮った自分の写真を新しくバージョンアップしたパソコンのメールに送り、添付ファイルに載せた。さらに、その添付ファイルをダウンロードするというやり方を、何度も繰り返した。………自分のメールアドレスから、新しく作った自分のメールアドレスに何度も送付する作業であったが、実にややこしく、慣れるまで一ヶ月近くかかった。

さて、バージョンアップしたパソコンで写真を作れるようになると、クランピア横手の入居者の関心は、一挙に広がった。殆どの入居者たちは、クリスマス用の装飾・樅《もみ》の木の前で「記念写真」を撮った。また、新春をお祝いして、職員による「お琴の演奏」にも、バージョンアップしたパソコンの写真が活用されたのであった。

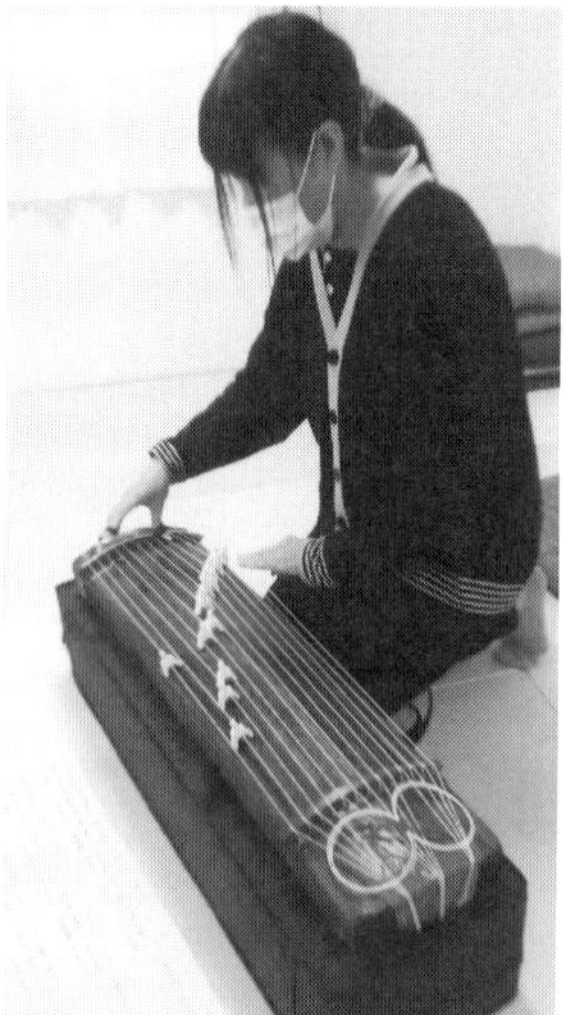

6　トイレで「オチンポ洗浄」の初体験？

次に、I医師の話にも出た「カテーテルの尿液」と「入浴可否」の問題に入ろう。
すでに私はクランピア横手に入居する際、ホーム側の要望もあって、排尿カテーテル使用者と入浴との関係を、横手病院のI医師から聞いていた。その大凡の見解は、次の通りだった。

血尿が出ていない状態であれば、排尿カテーテル使用者の場合、フオーレ（カテーテル）交換日を含めて、毎日入浴しても差し支えない。ただし、それでは「週何回が望ましいか」と言うことになれば、それぞれの施設やホームの事情があり、病院として一概に「週何回」と言うことは出来ない。

このI医師の話を聞いて、私は、まずは最も身近な医療機関であった「横手病院の場合」を調べた。その結果は次の通りである。

横手病院の場合は、週二回が定期的な入浴日であった。それに、週一回は必ずシャワーを使うか、あるいはベッドに「ビニール浴槽」を載せて、その中に入って「オチンポを洗う」のである。………つまり、合計週三回が横手病院2階病棟（主に泌尿器科など）の「オチンポ洗浄日」であった。

そこで私はクランピア横手に帰って、「週三回のオチンポ洗浄日」を実現するために、いろいろな相談と工夫を始めた。………すでに二回の入浴日は決まっていたから、問題は「三回目のオチンポ洗浄日をどうするか」である。

横手病院のように、シャワー室がある訳ではない。また、「ビニール浴槽」を居住室に持ち込むことは、経費の面で絶対不可能である。

あれやこれやと意見が出されるなかで、「これならやれそうだ」という意見が一つ出された。女性の提案で、「トイレを使用する方法」だった。

ご承知のように、現在の水洗トイレは、便槽のなかにおしりとビデの洗浄機がついていて、使用後は下から吹き上げる仕掛けになっている。この洗浄機能をオチンポにも使えないかという意見だった。そして早速、私がテストをして見ることになった。

私は便槽に跨《また》がって、おしりとビデの洗浄機を交互に押し、下から吹き上げる噴水を、どうにかしてオチンポに向けることが出来ないか、いろいろ試してみた。しかし、下からの噴水は、女性の場合「打って付け」だろうが、オチンポには全く活用出来ない。………結局、私は、おしりとビデの噴水をあきらめ、手洗い水をコップに汲み取って、その水でオチンポを洗い、便槽に流し込むことにした。その方法以外に「オチンポ洗浄の方法はなかった」のである。

こうして私は、三回ほど便所に通って、手洗い水をコップに汲んでは、便槽に跨ってオチンポを洗浄して来た。………しかし、どう考えても無様《ぶざま》な格好で、浴室やシャワー室でオチンポを洗う雰囲気とは全く違う。それで、さすがに私も「この方法では続かない」と考え、「水洗トイレでの実験」を取り止めたのであった。

7　「洗浄問題」と「帯状疱疹」で大騒動

おそらく、三回目の洗浄問題が未解決だったことと関係があったと思うが、当時の私はすっかり憔悴《しょうすい》していた。

入浴方法もまた身障者扱いで、風呂に入るときは、片方の手で、チンポとカテーテルを抑えていななければならない。そのために、背中や足先には手が及ばず、また歩行が不安定なこともあって、必ず介護職員の助けが必要だった。

そんな私が、二〇二二（令和4）年8月上旬、介護職員から背中を流してもらっていたときだった。その職員が

「どうも変な出来物が背中に出ていますよ！　帯状疱疹《たいじょうほうしん》かな？」

と呟《つぶや》いた。

しかし私はそのころ、帯状疱疹の名前は知っていたが詳しい内容は知らず、風呂から出てすぐ、クランピアの医務室を訪れ、背中を見てもらった。

医務室の職員は、私の背中を見るなり

「あツ、これは間違いなく帯状疱疹ですよ。急いでお医者さんに診てもらった方が良いです。そうしましょう！」

と、近所のT内科医院にすぐ手続きをとった。

二〇二二（令和4）年8月12日、私はクランピアの職員と一緒に、T内科医院を訪れた。

私の背中を診た医師は、すぐさま、

「帯状疱疹に間違いありません。………さかりを大分過ぎていますから、五日分だけお薬を飲んで下さい。あとは来なくても良いですから………」

という話だった。

私は

「本当に五日で治るのかな？」

と疑心暗鬼だったが、ここは医者の言うとおりにするしかない。たったそれだけの「診察」で、私は素直に引き下がったのであった。

さて、老人ホームに帰った私は、T内科医院から持ち帰った「帯状疱疹のパンフレット」をもとに、さっそく勉強を始めた。………私が何よりも恐れた事態は、帯状疱疹が職員や同居者にも伝染し、私自身は風呂にも入れず、隔離されるような状態にならないかと言うことだった。しかしパンフレットを読むと、帯状疱疹は、触って他人にうつることは全くないと書いてあった。それで私はその部分をコピーし、職員と同居者に配った。…………これで「伝染病ではない」ことが判ってもらえると思ったのである。

ところが、職員と同居者の受け止め方はマチマチだった。やはり、何となく気持ちが悪いのである。………出来れば「宗ちゃんのお風呂は、一番最後にしてもらいたい」と言うのが、老人ホーム全体の率直な気持ちだったのではないだろうか。

なお、T内科医院から受け取った「五日分の薬」の効果は、不思議なほどに的中した。………飲み薬の五日分を含めて一週間も経つと、背中の「神経節」はすっかり消えて、痛みも完全に薄らいでしまったのであった。

8　パンツをはいて「一人入浴」を実行！

次は、介護職員なしで、オチンポにカテーテルを着用以後、初めて「一人入浴」を実行した話である。

実は、帯状疱疹の件もあって、私は、入浴の際に必ず介護職員のお世話になっていることを、心苦しく思っていた。それで、どうにかして、他人の手を借りずに、安心して入浴できる方法はないものかと、真剣に考えていたのであった。

問題なのは、やはり、オチンポとカテーテルを、入浴中にどう安定させるかである。………今まではこの部分の安定のために、片手を全部使って抑え込んでいたが、この片手をオチンポとカテーテルから解放すれば、入浴中、両手を自由に使えるから、介護職員の世話になる必要は全くなくなるのだ。

オチンポとカテーテルから片手を解放するために、私は最初から、「パンツをはいて入浴すること」を考えた。

オチンポとカテーテルを抑え込むために、私は、普通のパンツでは緩《ゆる》くて無理だと思い、若いころに使った「水泳パンツ」(今はボクシングパンツか)を思い出し、このパンツを数枚買いこんで、実際の入浴に着用してみたのである。

その結果、「水泳パンツ」は、確かに「普通パンツ」よりは数段引き締まるが、しかし、お風呂に入るとお湯がパンツの中に入り込み、ダブついて、やはり緩《ゆる》んでしまう。

私は止むを得なく、「水泳パンツ」を二枚重ねてはくことにした。これなら浴槽内であっても、静かに立ち上がれば、お湯でそんなに緩《ゆる》むことはない。

ただし、それにしても困ったことが、まだ一つあった。……パンツを二枚重ねると、ゴムバンドの力が強まり、カテーテルを流れる尿液が、途中でストップしてしまうことだった。

私は、カテーテルの尿液をストップさせないために、パンツ二枚のゴムバンド下に、小さな布切れを畳《たた》んで挟《はさ》めた。………これでどうやら、私の「入浴用パンツ」は仕上がったようである。

こうして、「入浴パンツ」を作ってから、現在で約三か月になるが、私の「入浴パンツ」はこれまで、一度も不都合な事態を引き起こしたことはない。………自画自賛ではないが、自分では「まあまあの合格品」ではないかと思っている。

なお、さらに蛇足を加えれば、私のいるクランピア横手では、入浴に使用したパンツはすぐ洗濯機で洗えるために、こうして、「パンツを寸時に再利用出来る」ことも、私の「一人入浴」を生かす手助けとなったことは間違いない。

9　「檜《ひのき》風呂浴場」（1階）を見事に再開

ところで、「三回目の洗浄日」のことで右往左往していたとき、季節はすでに十月半ばを過ぎていたが、冬季間だけ入浴回数を三回に増やしてはどうかという意見が出た。そしてこの意見には、ケアマネージャーの指導と会社側・職員側の賛同があり、「三回目の洗浄日」がようやく実現したのであった。

しかし、「入浴の話」は、「冬季間の入浴回数が増えた」ことで終わった訳ではない。……私にとっては全く突然の話だったが、いままで、開業当初から休業していた通称「檜風呂浴場《ひのき》」（1階）が、突然再開したのである。

実は、入所当時、私は、クランピア横手の宣伝物を見て、「檜風呂浴場《ひのき》」（1階）がすでに活動しているものとばかり思っていた。その宣伝物によると、檜風呂の大きさは大人が二～三人入れる程度で、木材の枠組みは確かに檜である。一見して「老人向けの保養施設」という感じの浴室で、「人工炭酸泉」も具備された浴場だった。

開所当時以来の職員によると、この「檜風呂浴場《ひのき》」（1階）は、クランピア創業と同時に営業を開始したが、間もなく休業することになったそうである。

私はその休業理由に関して、穿《うが》った見方をしたくはない。………が、世間一般の風評をそのまま採用すれば、「当時の採算上のため」と考えても、あながち「的外れ」ではないだろう。

ところで私は、現在までのクランピア横手の入浴事情が、必ずしも入居者の要望を満たして来ていなかったこと、さらには最近、身障入居者が急増している事実を考えるとき、今回の「檜《ひのき》風呂浴場」（1階）再開措置は、まさにタイムリーであり、歓迎すべき勇断だったと私は思っている。

10　毎日聞く「古いオーディオのクラシック」

私が現在使用しているオーディオは、数十年も以前に買った「安物」である。音質も悪いし迫力にも欠ける。………しかし、それでも私は、買い替えるほどの経済力もない。古いオーディオをそのまま使って来たが、最近、そんな私に思わぬ朗報があった。

私の息子がインタネットで探して、すでに紛失してしまっていた「リモコン」を、僅か七百円で取り寄せて呉れたのである。

息子の協力には、感謝々々の気持ちを伝えた。

クラシックをCDで聞く場合は「編集もの」も悪くはないが、しかし「一貫した流れ」に欠けるのが弱点だろう。

その点で、最近私が嵌《はま》っている曲目に、メンデルスゾーンの「無言歌集」がある。ピアノ独奏曲であるが、私は、CDにピッタリ合った曲目で、ショパンの第1番、第2番よりも聞きやすいと思っている。

私にとって「交響曲の大物」は、何といっても「メンデルスゾーンの第40番・第41番（ジュピター）」である。音量を少々手加減すれば、老人ホームの中でも「交響曲を聞くことが出来る」と言うのが、最大の魅力である。………加えて披歴すれば、同じく「メンデルスゾーンの交響曲第38番・第39番」の場合も同様である。

最後に、すでに紛失してしまって残念だが、私の引っ越し途中、「サラサーテのチゴイネルワイゼン」「メンデルスゾーンのバイオリンコンチェルト」「チャイコフスキーのバイオリンコンチェルト」3曲の入ったCDを紛失してしまった。私にとっては、何物にも代えがたい「最高のバイオリンコンチェルトCD」だったのに…………残念でならない。

11　結局、夫婦生活は「同居か別居か」？

さて、「別居から同居」に踏み切った私は、別居とはまた違った意味で「妻との生活に関わる苦労」を体験して来た。

それでは、私にとって「別居と同居」のどちらが「望ましい生活」だったのか、………この点に関して私の息子も心配し

「もし親父が別居の方が良いと言うなら、ベッドを元に返してもいいぞ………どうする親父？」

と聞いて来た。しかし私は

「自分でもよく判らない。しばらく同居してみようと思う」

と、曖昧な返事をするしか方法がなかった。

ところで、妻が入居して一ヶ月ほど経ったある日のことであったが、彼女が「とんでもない事件」を引き起こした「過去」があった。……戸外に出たさの一心で、クランピア横手の「コロナ管理規則」を破り、外に逃げ出したのである。

クランピア横手の職員たちは、当然ながら、私の妻を強く叱責した。私もまた、彼女を厳しく批判したのであった。

実は、私が最も恐れていた「妻の行為」が始まったのは、その直後からだった。

クランピアの職員と私に叱られた妻は、自分の行為を反省するどころか、隣室にいる私には目も呉れず、無言のまま、身周り品をリュックサックに詰め、クランピア横手を脱出する準備を再び整えたのである。……私が話しかけても全く答えようとしない。夫婦が話し合う状態は全くなかった。

この「不気味な静寂」のなかで、私は、初めて自分の誤りに気が付いた。

私は、職員と一緒になって、妻を叱るべきではなかったのだ。……そうではなく、妻の誤りを自分のものとし、妻を優しく労《いた》わりながら、妻に代わって、職員にお詫びをする立場を取るべきだったのである。

妻との間の「不気味な静寂」のなかで、私はまた、戦後間もない時期に、「息子を背負って鉄道自殺を遂げようとした妻の過去」を思い出した。……姑との折り合いが悪く、夫は仕事に夢中で全く頼りにならない。こうした周囲の事情を乗り切るための最後の選択肢が「鉄道自殺」だったのである。

鉄道の踏切に佇《たたず》んだ妻は、背負った息子と一緒に、カーン、カーンとなり響く信号機の音を聞いていたそうである。そして、信号機の音が終った途端に、ハッとして我に返り、そのときに自殺を思い止まったという「彼女の実話」だった。

妻との間の「不気味な静寂」のなかで、私はまた、「いま自分の目の前にいる妻」と、今から六十数年前に「鉄道自殺を遂げようとした妻」とが、全く同じ妻として自分の目に映ったのであった。

この時点で私は、「妻と別居するか、同居するか」の結論は、もうすでに出ていると思った……。

私のとるべき道は別居でも同居でもない。私のとるべき道は、「妻が何を求めているか」に左右されて当然であり、妻が求めるその結果と無関係に、自分勝手に「別居か同居か」を決めてはならない。

と……。

Chapter

4

「人間の尊厳」と「オチンポ哲学」に触れて

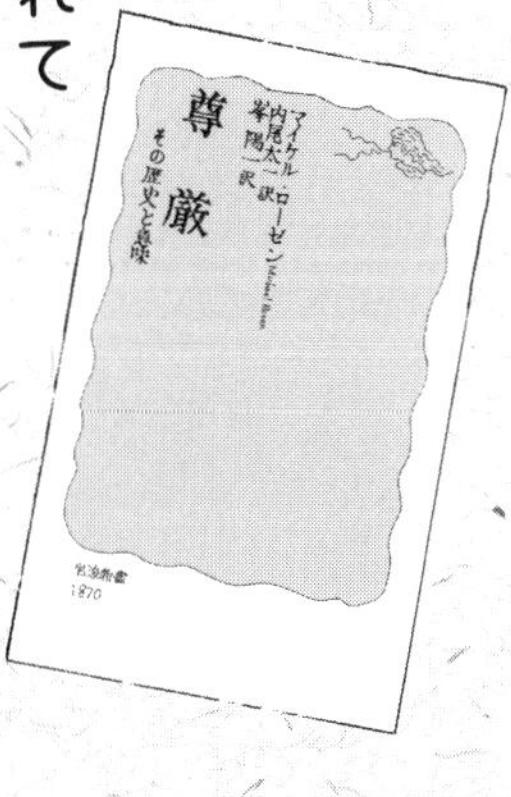

本章が「オチンポ物語」の最終章となるが、私はここで、横手病院の通院中に偶々読んだ「ある一冊の本」を紹介したい。ハーバード大学マイケル・ローゼン教授の著書『尊厳……その歴史と意味』（日本版＝二〇二一年二月・岩波新書《内尾太一・峯陽一訳》）である。

マイケル・ローゼン教授はこの本の冒頭で、哲学者ショーペンハウアーの言葉を引用しながら、自分の見解を鋭く対峙《たいじ》させて来ている。

まず、ショーペンハウアーの言葉を引用しよう。

この人間の尊厳という表現はかってカントが用いたものだが、後の時代には、当惑した空っぽ頭の道徳家たち全員の合言葉になった。道徳家たちは、人目を引く表現の裏で、自分たちには本物の道徳の土台が欠けていること、そもそも意味のあるものなど何も持ち合わせていないことを隠そうとしたのである。かれらは狡猾にも、読者は自分に尊厳が備わっていると思い込んだら喜び、大変満足するという事実を当てにしていた。

（二一頁）

次は、マイケル・ローゼン教授の見解である。

現代の政治的、倫理的な議論において「尊厳」という言葉がどれほど重要になっているかを考えるとき、このショーペンハウアーの言葉は困りものである。尊厳は、現代的な人権の言説の中心にあり、政治生活の規範的規制のために国際的に受け入れられた枠組みに最も近いものであり、数多くの憲法や国際条約、宣言に組み込まれているからである。尊厳は、たとえば、一九四〇年代末の二つの基礎的な文書、すなわち国際連合の世界人権宣言（一九四八年）とドイツの憲法にあたるドイツ連邦基本法（一九四九年）において、極めて重要な役割を果している。（二～三頁）

ちなみに、世界人権宣言第一条は次の通りである。

第一条　すべての人間は、生まれながらにして自由であり、かつ、尊厳と権利において平等である。

このマイケル・ローゼン教授の言葉に、私は強い共感を覚えた。そして、私もまた世界人権宣言（第一条）の見地から、残り少ない余生をカテーテル着用人生に捧げようと思った。

1　現代に見る「人間の尊厳」の意味

まず、私の電子書籍『彩雲の夢（プロローグ）』から、前記マイケル・ローゼン教授の言葉に続いた「私の記述」を紹介しよう。

私の自著『彩雲の夢』に登場した母ヨシは、一九三五（昭和十）年二月に夫と死別し、一九三一（昭和六）年の「満州事変」から一九四五（昭和二十）年の第二次世界大戦終結まで、いわゆる「十五年戦争」の時期を、女手一つで生き抜いて来た女性である。また、同様に登場した二人の姉アキとハルは、この「戦争の時代」に生まれ育った女性であり、貧困に苛《さいな》まれ、戦争被害に脅《おびや》かされて生きて来た女性たちである。――まさに、「人間の尊厳が破壊された時代」に生きて来た女性たちと言えよう。

ところで私は、この「十五年戦争」の最初の時期、一九三二（昭和七）年十一月に生まれた。――私が生まれ育った時代は「軍国主義一色の時代」であり「忠君愛国」と「滅私奉公」が当然視された時代であった。また「皇国の尊厳」をアジア諸国に知らしめるため、侵略戦争を展開した時代でもあった。――だからこそ私は、現在もなお、戦前に夢見た「全体主義国家の悪夢」を完全に払拭《ふっしょく》するために、さらには「個人の自由」と「人間の尊厳」を基本権利とした「戦争のない世の中」を実現するために、微力ながら努力を重ねて来た積りである。

「人間の尊厳」とは「人間一人ひとりの平等な基本的権利」を表現した言語である。「特定の集団権力に従属する尊厳」とは全く無縁であることを、ここで、改めて強調しておきたい。

2　人間の尊厳と企業利益に関わる一試案

しかし、それにしても、世界人権宣言（第一条）の「自由・尊厳・権利」から、私たちカテーテル着用人生を直接関連付けて引き出すことは、まさに至難の業である。それで私は、現実に私が体験したカテーテル着用者の状態と、「かくあるべき」と思う自分の理念を結び付け、そこに世界人権宣言の崇高な理念を見出そうと考えた。………そうした視点から、先ずはテストケースとして提起した課題が、私の従来からの持論であった「**横糸・縦糸の織物《おりもの》経営**」である。

以下、私の見地が「**人間の尊厳を確立する職場と社会**」に役立つことを願って、持論を提起したい。

「横糸・縦糸の織物経営」に関して

私は先ず、日常の仕事で使用している「業務」と「勤務」に関して、その正確な意味を理解する必要があると思う。………広辞苑によれば、「業務」とは「事業・商売などに関して毎日継続して行う仕事」のことである。また「勤務」とは「職務に従事すること、またはその勤め、役目」のことである。

そこで、改めて「業務」と「勤務」の実態を見てみよう。この章では「介護職員の場合」を一般論として取り上げることにする。

「介護職員の業務の実態」は、例えば朝起きると「カテーテル使用者の尿液」集めから始まる。続いて早朝の検温や、洗顔用のタオル配布、「オシモの世話」や「ウンコの処理」は、朝食の準備と重なってもやらなければならない。そして「給食の配膳」や「自室までの食事運搬」が続く………。

呼び出しがあればすぐ駆けつける。食事が終わったら、自室まで車椅子で送る。こうした仕事が朝・昼・晩と日に三度である。その間、行き場のない要介護者たちは、いつまでも食堂から離れない。そうした人々の車椅子にも付き合わなければならない。さらに、午前十時と午後三時の「お茶の時間」がやって来る。………テレビでニュースをかけたり歌謡曲のビデオを流したり、要介護者たちの休憩時間にも気を配らなければならない。お風呂の準備や洗濯物の整理も欠かせない。その日の報告書記載も山のようだ。

夕食が終ると、いつまでも食堂に居残っている要介護者たちをひとり一人説得して、それぞれ自室まで送り届けなければならない。その間、「カテーテル使用者の尿液」集めが始まる。残った報告書類もすべて記載しなければならない。

睡眠しようと思っても、眠れない。要介護者たちはこれも眠れずに、廊下や食堂を徘徊し始める………。

やっと眠ったと思ったら、もう朝だ。再び朝の「カテーテル患者の尿液」集めが始まる。タオル配りや検温にも回らなければならない………。これらの仕事をたった「一人だけの責任」でやり遂げるため、あるいは複数の職場を秒単位で駆け回るため、介護職員の仕事は、まさに「目の回るような忙しさ」と言っても、決して過言ではない。

以上、いくつかの「小異」はあろうと思うが、「大同」ではこれが介護職員たちの一般的な実態であり、日常的な「業務の内容」であると私は思う。

さて、次に、以上の「業務の内容」との関りで、「勤務の実態」を見てみよう。「業務の実態」が長引けば長引くほど、当然ながら、「勤務の実態」もそれに応じて長引く。「業務の実態」が過密になればなるほど、「勤務の実態」もまた、秒刻みで強化される。**さらに、「勤務の実態」が長引き、強化されればされるほど、その「勤務の実態」に即した夜勤手当や超勤手当、残業手当などが増額する。**管理者側では、労働基準法の見地から、それぞれの職員に関して綿密な調査を重ねた上で、その支払いを実行すべきことは、これまた当然である。

そこで一つの試案であるが、私は以前、横手市内の某企業で「経営顧問」を務めてきた。現在はその職務をN弁護士に引き継いでいるが、「経営顧問」を務めて居るさなか、「報連相(ほうれんそう)」と言う呼び名の「職員報告制度」に出会った。何のことはない。「職員間で、報告と連絡、そして相談を徹底して強化する」という制度であるが、以前私がいた企業では、「勤務を中心とした縦糸経営」として、現在もなお続けられている。

次に、この「報連相（ほうれんそう）」制度に関して、若干の説明を加えたい。

まず、最初に「報告」の「ほう」であるが、この企業では、当日の勤務中にあった出来事をすべて文書に記載し、職員担当の会社幹部に記載した文書を提出する。また「連絡」の「れん」では、これも文書化して、後任者にその内容を正確に伝える。

そして最後の「相（そう）」では、勤務中に自分が受けた相談事、あるいは自分が感じた相談事を、これも文書で、あるいは口頭で関係部門に相談を持ち掛ける制度である。……会社側幹部は、職員個人が提出した報告書を見て、積極的な内容の「ほうれんそう」には特別賞与を出したり、あるいは昇給の目安にもしていると言うことだった。


もっとも、「業務中心の横糸経営」から「横糸と縦糸の織物経営」に体制を切り替えるためには、「横糸」経営下の職員にそのまま「縦糸経営業務」を上乗せすることは出来ない。事務量が増加するために、「横糸と縦糸」の事務量調整がどうしても必要である。

また、「縦糸経営業務」に精通した幹部職員が、あらたに求められることは言うまでもない。

完

野の花はともだち

新刊

小山晴子 著　定価1,100円

小さな野の花の世界をのぞいてみませんか。優しいまなざしで描く「スケッチ」と「好奇心」が奇跡のような物語へと繋がった。私たちの感性を呼び覚ましてくれる一冊。
日々の暮らしの中で「ともだち」（野の花）のスケッチを重ねてきた著者。この「ともだち」との付き合いと好奇心が、やがてスミレがたどった長い長い物語に行き着いた…。（182×170mm上製64頁・オールカラー）

お二階のひとⅡ

新刊

柴山芳隆 著　定価1,650円

正常な人間の部分がどんどん消えていく。しかし、「わたし」はそれを哀しいと感じることもなくなって…。「認知症」を本人の視点で描く意欲作、前作「お二階のひと」と表裏一体。夫婦のあり方、教育観、認知症への対応 ― 柴山文学の総決算！

（四六判上製288頁）

ペストの古今東西
～感染の恐怖、終息への祈り～

佐藤　猛・佐々木千佳 編
定価1,650円

史上最恐の疫病「ペスト」に文学、歴史、美術の視点から迫る。歴史を揺るがしたペスト・パンデミック。人々はどのように乗り越えようとしたのか。文学や歴史、美術作品は、コロナ禍が繰り返す今、道標《みちしるべ》となって私たちに語りかけてくる。今こそ往時に想いを馳せ学ぶべきではないだろうか。（四六判並製190頁）

出版案内

2023. 3

勝平得之「春（ツバキ）」

●**読者の皆様へ**

小社の出版物は、秋田県全域の書店でお求めいただけます。
県外の方は最寄の書店にてご注文ください。

お急ぎの方は小社へ直接ご注文頂ければお送りいたします（送料別途）。
（ポスト投函サイズは150円、宅配便サイズは実費を申し受けます。）

＊表示の定価はすべて10％の税込み価格です。　（2023年3月現在）

秋田文化出版株式会社

〒010-0942 秋田県秋田市川尻大川町2-8
TEL 018-864-3322　FAX 018-864-3323
ホームページ　http://akita-bunka.info/
E-mail　akitabunka@yahoo.co.jp

既　刊

■続・北浦誌　男鹿半島史Ⅳ　磯村浅次郎 著
「北浦誌」に続く第二弾。ナマハゲをはじめ民俗・伝承、明治の新聞記事、出稼ぎ、災害などを収録。　定価1,980円

■秋田・八郎湖畔の歴史散歩　佐藤晃之輔 著
八郎潟湖畔に沿った2市4町1村の見所を写真で紹介。湖畔を巡るための歴史入門ガイドブック。　定価1,650円

■津波から七年目　―海岸林は今　小山晴子 著
東日本大震災から7年、クロマツの植林が進む仙台湾。そこに問題点は？ 松林に魅せられた著者の思考の集大成。　定価1,320円

■佐竹支族宇留野氏系譜　宇留野 弘 著
―秋田に下向した宇留野氏の探訪　佐竹氏の支族・宇留野家の系譜を明らかにした研究者注目の一冊。　定価2,200円

■民謡「秋田おばこ」考　小田島清朗 著
秋田を代表する民謡「秋田おばこ」。ルーツや知られざる謎を解き明かす。各地に伝わる楽譜も掲載。　定価1,650円

■秋田県の力士像　渡辺 修 著
寺社の屋根を支える力士像の数は秋田県が日本一。初のガイド本。　定価1,650円

■ごじょうめのわらしだ　大石清美 絵・文
昭和30年代の田舎に暮らす子どもたちの毎日が蘇る。カラー画文集。　定価2,200円

■秋田・ダム湖に消えた村　佐藤晃之輔 著
ダム湖に沈んだ秋田県内33集落の記憶が込められた貴重な写真集。　定価1,650円

■秋田藩の用語解説　半田和彦 著
多分野にわたる48項目を、最新の研究成果を交えて丁寧に解説。　定価1,650円

■男鹿中誌　男鹿半島史Ⅱ　磯村朝次郎 著
男鹿半島の男鹿中地区の歴史・民俗・人物に焦点をあてた地域誌。　定価2,096円

■北浦誌　男鹿半島史Ⅲ　磯村朝次郎 著
男鹿半島の北浦地区の歴史・民俗・人物に焦点をあてた地域誌。　定価2,640円

版画家
勝平得之の世界
勝平新一 編

勝平得之 [版画50選]　定価55,000円
A3版40葉、A2横長版（二つ折り）10葉の計50葉をバラ収納。入替が楽しめます。耐光インクで版画の美しい色合いを再現。

版画 [秋田の四季]
勝平得之作品集　定価3,520円
版画家・勝平得之の代表作を収録したコンパクトなカラー作品集。〈B5版カラー88頁〉

勝平得之 画文集　定価1,650円
多数の版画とともに世界的な版画家・得之の随筆を収録した画文集。〈A4版モノクロ112頁〉

近年刊行の本

秋田藩大坂詰勘定奉行の仕事 「介川東馬日記」を読む

金森正也 著 定価1,650円

上方商人VS秋田武士。藩財政さえも動かす上方商人に、東北の下級武士はどう対峙し何を学んだか…。「天下の台所」大坂を視野に入れ、新しい藩政史の世界にあなたを誘う。

お二階のひと 柴山芳隆 著 定価1,650円

認知症の介護に明け暮れし、喪失感と疲労感に苛まれる日々。歯車の狂いは日常に潜んでいた。著者の実体験をもとに綴る心の「病み」と「闇」を描く長編小説！

大潟村一農民のあれこれ 佐藤晃之輔 著 定価1,980円

県内の「消えた集落」を訪ね歩き記録してきた筆者が新聞・雑誌等に掲載された文章をまとめた。廃村、開拓地の生活、政治への提言などテーマは幅広い。消えゆくものへの思いにあふれる寄稿集。

秋田・ムラはどうなる 佐藤晃之輔 著 定価1,980円

このままではムラが消滅…。秋田県の人口は30%、児童数は80%の減少（最盛期との比較）。綿密な現場調査と統計数字から考察した「問題提起の書」。「働く場の創出なくして、ムラの再生はない」と著者は説く。秋田の再生・未来を考える。オールカラー刷。

中学生と動物たち 小山晴子 著 定価1,100円

子どもの頃、誰もが経験する動物たちとの遭遇体験。ニワトリ、青大将、リス、サンショウウオ、コウモリなどが登場。理科教師の著者と中学生たちが織りなす動物をめぐる物語。

秋田音頭考・西馬音内盆踊り考

小田島清朗 著 定価1,870円

秋田音頭を現代のラップとして蘇らせ、元気な秋田をつくろう。「秋田音頭」の現代のあり方を示唆する。流麗優雅、傑出した美しさで知られる「西馬音内盆踊り」── 何の変哲もない小さな田舎町に、なぜこの踊りが伝えられたのか。発祥の謎に迫る。

日本廃村百選 ──ムラはどうなったのか

浅原昭生 著 定価2,200円

廃村調査の第一人者である著者が、47都道府県の廃校廃村100ヵ所の「ありのままの姿」を紹介。元住民からの聞き取りをまとめた「集落の記憶」も収録。オールカラーでおくる日本全国廃村レポート。

フィリピンに消えた「秋田の軍隊」

──歩兵第十七連隊の最後── 長沼宗次 著 定価2,200円

太平洋戦争末期、フィリピンに送り込まれた“秋田の郷土部隊”。米軍を前に倒れてゆく兵士たち。平和への祈りを込め悲惨な戦争の現実をここに明らかにする。比島戦没者の名簿を併せて収録。

ふるさとの話 水に沈む百宅集落

三浦繁忠 写真と文 定価2,200円

ダムに沈むことが決まっている百宅（ももやけ）集落。鳥海山の麓にひっそりと佇む集落の四季の暮らしと自然を温かい目で映し出す。各地の写真展で絶賛を浴びたベテラン写真家初の作品集。

秋田・道路元標＆旧町村抄

佐藤晃之輔 著　**定価1,650円**

歳月とともに人々の記憶から埋もれていく「道路元標」、かつての市町村役場跡地…。失われたもの、残されたものに思いを馳せ、後世に伝えたい…著者のメッセージにあふれる一冊。貴重な道路元標をカラー写真で紹介し、224旧市町村の概要、「一里塚」「一里標」の一覧表を掲載。（四六判並製280頁）

テープで痛みを取った話
スパイラルテーピング

佐藤友治 著　**定価1,760円**

ツボや所定の部位に貼ると劇的な効果を得ることができるスパイラルテーピング。このテープを使用した治療法を20年以上続けている著者が綴る、「腰」「肩」「膝」…などの様々な痛みをたちどころに解消した治療例集!! この治療法を多くの人に知ってほしいとの思いで発刊!!（B5判並製162頁）

大物忌神《おおものいみのかみ》と鳥海山信仰
北方霊山における神仏の展開

神宮　滋 著　**定価1,980円**

大物忌神は律令政府によって出羽国最高峰の鳥海山に祀られた神である。この奇怪な神名こそが鳥海山を祀るに相応しいものだった。かくして古来北方の霊山とされてきた鳥海山で神仏は如何ように展開したのか、本書は史料を博捜し、所々に新説異説を繰り出す、注目の書である。（A5判並製322頁）

■**秋田・羽州街道の一里塚**　佐藤晃之輔 著
秋田県内の羽州街道一里塚の全位置を独自調査で推定した労作。
定価1,650円

■**近世・秋田人物列伝**　笹尾哲雄 著
近世の秋田で活躍した49人の人物を列伝形式で語る。（新書版）
定価1,100円

■**コンサイス木材百科**　秋田県木材高度加工研究所 編
木材や林業、建築に関わるあらゆる人のための便利な木材知識集。
定価2,860円

■**秋田の巨樹・古木**　秋田県緑化推進委員会 編
天然記念物を中心に、秋田県内各地の巨樹・古木をカラーで紹介。
定価1,572円

■**続・小友沼**　畠山正治 著
渡り鳥の楽園小友沼を「守る会」として長年活動する著者が紹介。
定価1,650円

■**大潟村の人びと**　海山徳宏 著
干拓で誕生した大潟村の入植者の話で紡ぐもう一つの「大潟村史」。
定価1,650円

■**ハタハタ** あきた鰰物語　田宮利雄 著
生態、漁の歴史、民俗など、意外に知られていないハタハタの謎に迫る。
定価1,572円

■**木都徒然通信**　飯島泰男 著
秋田県立大高度木材加工研究所前所長の軽妙洒脱な随筆集。
定価1,650円

■**秋田地名要覧**　斎藤廣志 著
秋田魁紙で連載の「あきた地名ファイル」に未発表原稿を加えた完全版。
定価1,980円

■**北の彩り秋田 Part3**　千葉克介 写真
北国の美しい自然をおさめたハンディタイプのオールカラー写真集。
定価1,320円

二〇二二年（令和4年）12月31日

大晦日の夜
老人ホームクランピア横手宿泊当番職員
加藤　賢氏とともに、ベートーベン第九シンフォニーを聞く

第214室居住者　長沼　宗次

【著者紹介】

一九三二（昭和7）年11月25日生まれ
秋田県立横手美入野高校（現横手高校）卒業。
北海道大学農学部農業経済学科卒業。
公立高校教員・政党団体等の役員を経て
現在、老人ホーム「クランピア横手」に入居。
著書多数。本書33頁に紹介。

宗ちゃんのオチンポ物語
二〇二三年四月一〇日　初版発行
定価　一〇〇〇円（税込）
著　者　長沼宗次
発　行　秋田文化出版株式会社
〒〇一〇—〇九四二
秋田市川尻大川町二—八
TEL（〇一八）八六四—三三二二（代）
FAX（〇一八）八六四—三三二三
＊

ISBN978-4-87022-610-4
地方・小出版流通センター扱